字的化學變化：

字詞組合

信精靈

文／林世仁　　圖／鄭淑芬　呂淑恂

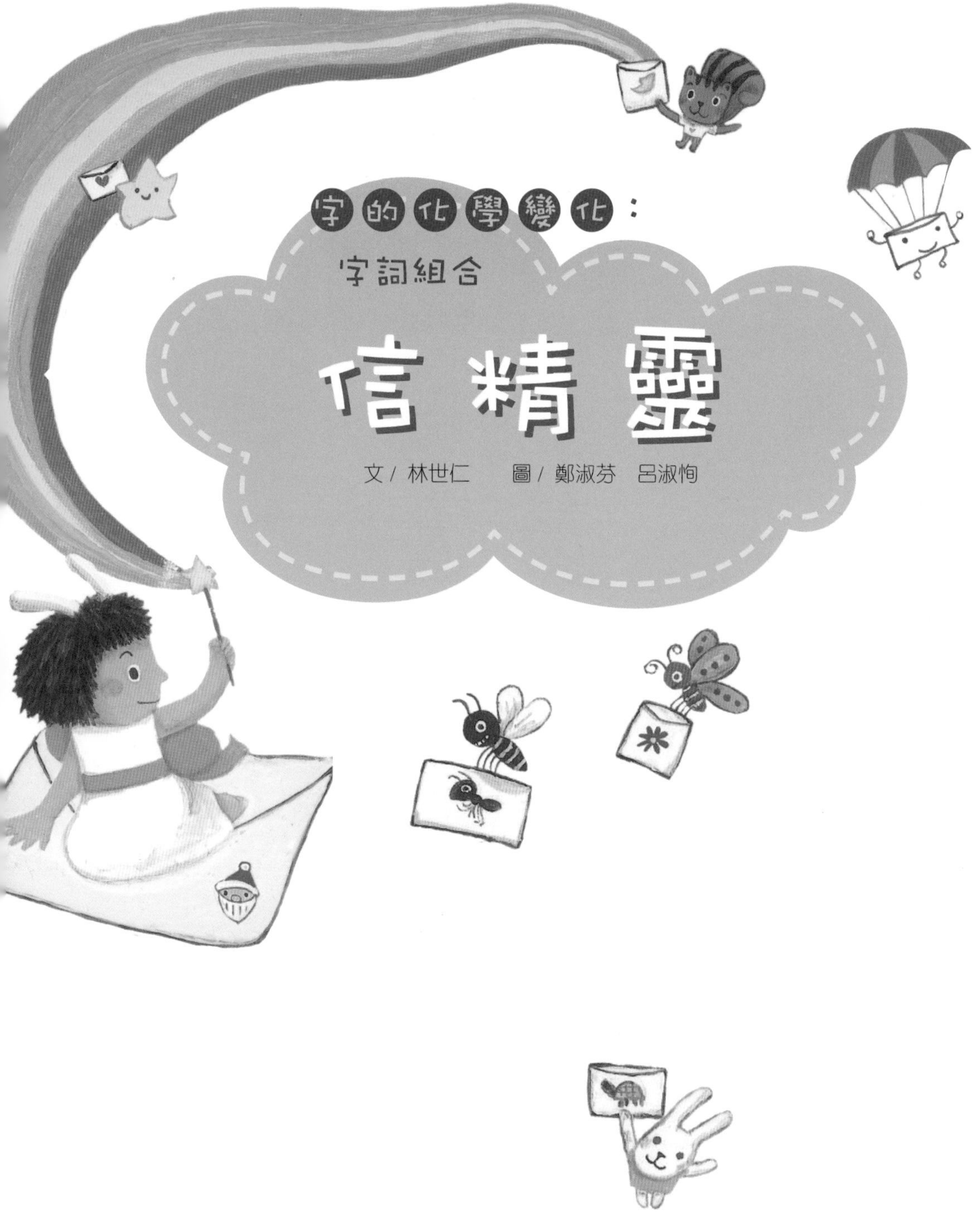

出版說明

從純粹圖畫的閱讀跨進文字閱讀，是孩子學習語文的一個關鍵階段。作為父母或老師，確實有需要為孩子挑選合適的橋樑書，幫助他們接觸文字，喜歡文字。《字詞樂園》就是針對這個階段的學習需要而設計，有助孩子從繪本開始，循序漸進地接觸文字，順利過渡到文字閱讀。

透過輕鬆有趣的故事，可愛風趣的繪圖，引發閱讀文字的興趣，幫助孩子愉快學習。書內的導讀文章和語文遊戲，均由資深小學老師撰寫，有助父母或老師了解每本書的主題和學習重點，更有效地利用所提供的學習材料。

把文字的趣味與變化，融合在幽默的童話故事裏，先吸引孩子親近文字，喜歡文字，再通過主題式閱讀，增進語文知識，建立字形、字音、字義的基本認識，透過適量練習題的實踐，孩子可掌握字詞組合變化的原則，更可玩語文遊戲寓學於樂，培養語感及累積對文字的運用能力。

本系列將各種文字趣味融合起來，從字的形音義、字詞變化到句子結構，有效幫助開始接觸中文的孩子，一窺中文的妙趣，進而愛上閱讀，享受閱讀。

使用說明

《字詞樂園》系列共有七本書，每本書以不同的中文知識點為主題：

一、《英雄小野狼》——字的形音義：字形、字音、字義。

二、《信精靈》——字的化學變化：字詞組合。

三、《怪博士的神奇照相機》——字的排隊遊戲：字序及聯想字詞。

四、《巴巴國王變變變》——字的主題樂園：量詞、象聲詞及疊字。

五、《十二聲笑》——文字動物園：與動物有關的成語及慣用語（如斑馬線、牛皮紙、鴨舌帽等）。

六、《福爾摩斯新探案》——文字植物園：與植物有關的成語及慣用語（如雪花、花燈等），以植物的外表和性情形容人的表達方式。

七、《小巫婆的心情夾心糖》——字的心情：表達情緒的詞語，分辨情緒字眼的強弱程度。

目錄

目錄列出書內每個故事最關鍵的語文知識重點。父母或老師可因應學習需要為孩子挑選故事，也可以讓孩子隨着興趣選讀故事，再引導他們學習相關知識。

練習題及親子活動

每個故事後有相關的練習題和親子活動，幫助孩子複習學過的內容，也提供機會給家長與孩子一起玩親子遊戲。

目錄

字的化學變化：字詞組合

信精靈

08 火雞發火了
字詞組合：「火」

16 公平？不公平？
字詞組合：「公」

22 好好先生和不好小姐
從上下文判斷字義

28 「哎呀，我的天！」
字詞組合：「天」

36 生媽媽生孩子
字詞組合：「生」

44 打擊犯罪的超級警察
字詞組合：「打」

50 真正的高手
字詞組合：「手」

56 包山包海的包大膽
字詞組合：「包」

62 開心的一天
字詞組合：「開」

68 信精靈
字詞組合：「信」

77 推薦文 閱讀和文字，文字和閱讀 兒童文學專家 林良

78 導讀 字的化學變化 曾文慧 老師

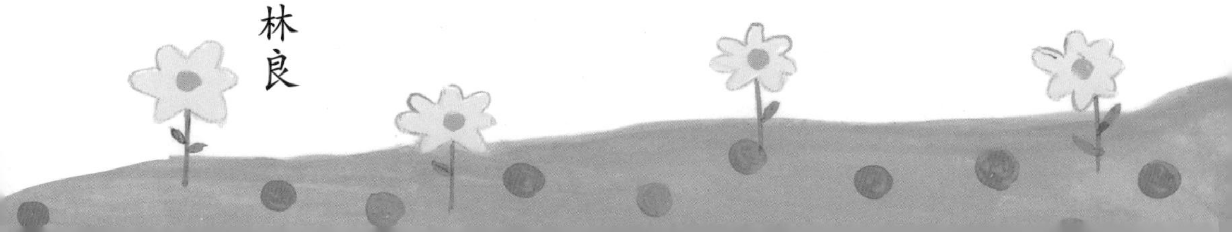

火雞發火了

（呂淑恂繪）

火雞自認個性很温柔，不愛生氣，可是大家偏偏叫他「火雞」。火雞越聽越火大，有一天，終於忍不住發火，咕嚕嚕的大叫：「不准再叫我火雞！」

一隻鵝問：「不叫你火雞？那要叫你甚麼？」

「叫我温柔雞！」火雞鼓起腮幫子，兩眼火紅，好像吃了火藥一樣。

鵝偏了偏腦袋：「可是人都叫你火雞啊！我們只是跟着叫。」

「哼，我要去找人，叫他們把我的名字改過來。」火雞説完，就火速上路，出發去找人。

半路上，他遇到一根火柴。「你好，我是火柴，你可以讓我搭一下便車嗎？」

「甚麼？你這麼小，也叫『火』柴？」火雞可不高興有這麼一個小不點親戚。他撿起火柴，帶在身上。他要人也把火柴改個名。

半路上，一隻山豬抓住火雞。

「哈哈哈！捉到你這隻大肥雞，晚上可以吃一頓大餐嘍……齁，好睏，我先睡個覺再說。」山豬用繩子把火雞綁起來，鑽進稻草堆裏睡大覺。

「怎麼辦？怎麼辦？」這下子火燒眉毛了！火雞好害怕，他可不想被山豬吃掉。

「我來幫你！」火柴說：「你把我點燃，丟進稻草堆裏。」

「謝謝你！」火雞立刻照做。只見火柴冒出火花，燒着稻草，帶起火苗，吐出火舌，迅速變成一片大火。

火雞好驚訝！想不到小小的火柴這麼厲害，燒斷了繩子，救了他一命！

火雞走到城市，看到一列雄糾糾的長排車「嗚嗚嗚！」的跑過來。

「我叫火車，我力氣最大，跑起來像火

一樣熱情有勁。」火車說。

火車？火雞瞪大了眼睛：原來我也有這麼強壯的親戚！

火雞又看到一架火箭，冒出騰騰熱氣，準備升空。

「我叫火箭，發射時像火樹銀花一樣漂亮，飛起來像

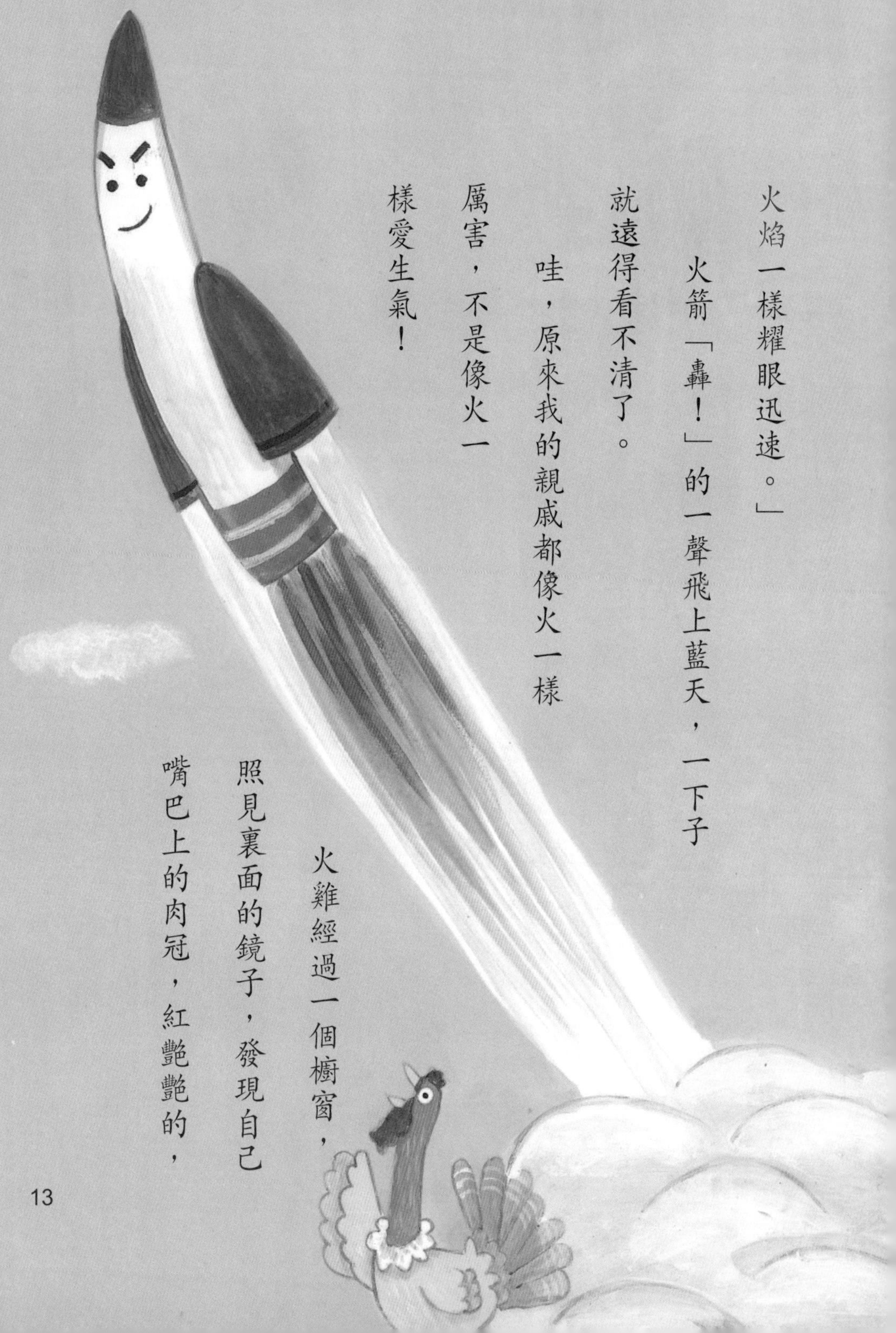

火焰一樣耀眼迅速。」

火箭「轟！」的一聲飛上藍天，一下子就遠得看不清了。

哇，原來我的親戚都像火一樣厲害，不是像火一樣愛生氣！

火雞經過一個櫥窗，照見裏面的鏡子，發現自己嘴巴上的肉冠，紅艷艷的，

好像一把旺旺的熱情火。「哈，怪不得我叫火雞！」

火雞一下子火氣全消，滿意的走回家。

「温柔雞，你回來啦！」鵝説。

「甚麼温柔雞？我叫火雞！」火雞大聲抗議。

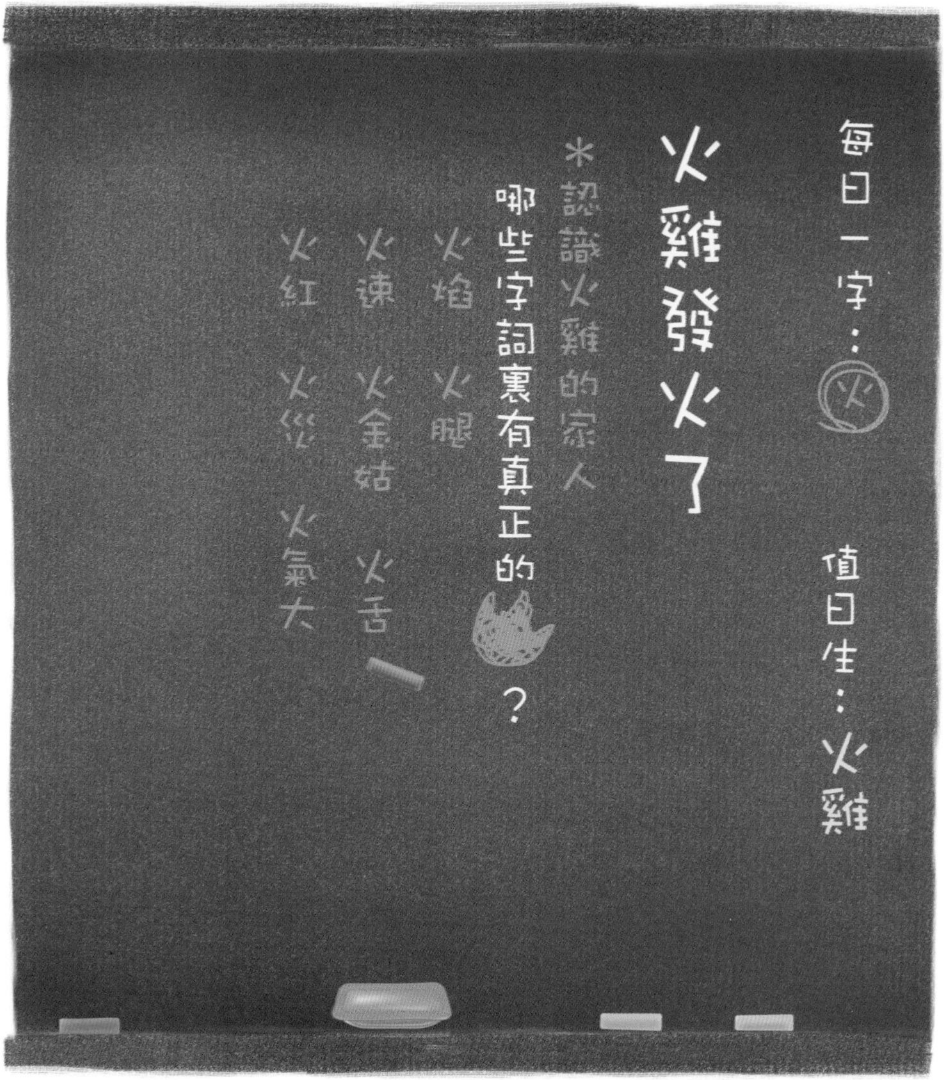
每日一字：火
值日生：火雞
火雞發火了
＊認識火雞的家人
哪些字詞裏有真正的
？
火焰
火腿
火速
火金姑
火舌
火紅
火災
火氣大

答案：火焰、火舌、火災

字詞組合：「公」

公平？不公平？

（呂淑恂繪）

小象和松鼠一起到公園裏摘果子，
摘了滿滿一籃。

「我們來平分吧！」松鼠說。

他把果子分成兩半，一人一半。

松鼠吃得肚子好飽，脹得發疼。

小象沒吃飽，肚子還是扁扁的。

「不公平！」小象說：「你吃那麼多，
我吃這麼少。」

「誰說的？」松鼠搖搖頭：「就是太公平了，

我才會吃到肚子疼！」

小象和松鼠吵起來，吵醒了公園裏的管理員公雞。

公雞走出辦公室，弄清楚事情，很生氣的說：「你們沒看到公園入口的公告，第八條第二十一點——禁止偷摘果子？身為公民，你們竟然「損毀公物」！要處罰，一人打十下屁股。」

公雞拿出一根十公分長的雞

毛撢子，「啪啪啪！」打了松鼠十下屁股，又「啪啪啪！」打了大象十下屁股。

「嗚……不公平！人家屁股都開花啦！」松鼠屁股紅通通，痛得哇哇叫。

「公平！公平！」小象的屁股好像被茅草輕輕碰了十下，一點都不痛。

「當然公平。」公雞說：「我替公家辦事一向公事公辦、公正、公開又公道，是公認的大公無私。誰犯錯，我都打十下。」

一隻小雞走過來，手裏拿着一顆果子，舉得高高的，對公雞說：「爸爸，你看！我摘的果子。」

小象、松鼠立刻瞪着公雞，看他怎麼處理。

公雞看看小象，看看松鼠，又看看小雞，接過果子，又看了老半天……然後，他板起臉孔，很生氣的說：「你這顆果子，真是不乖！長得這麼肥又這麼大，一看就知道是搶了兄弟姊妹的營養！還好小雞捉你回來，不然，還有公理嗎？說，你公然欺侮其他果子，認不認錯……哼，不說話？那就是默認嘍！小象、松鼠，你們都是公證人，我現在就打它十下。」說完，「啪啪啪！」打了果子十下。

「怎麼樣？很公平吧？」公雞說。

「不——公——平！」小象和松鼠大聲說。

「對嘛，不公平！」咦，怎麼連小雞也抗議了？

「爸爸最壞了！」小雞嘟起嘴巴說：「每次都要人家去摘果子，自己都不去摘。哼，不公平！」

每日一字：公　　值日生：公雞

公平？不公平？

＊想想看，這樣公平嗎？

一、大猩猩和小螞蟻賽跑，兩位選手同時出發，最後大猩猩贏得比賽。

二、營養午餐剩下兩種水果，小松鼠分到一片西瓜，小雞分到一顆葡萄，一人一種剛剛好。

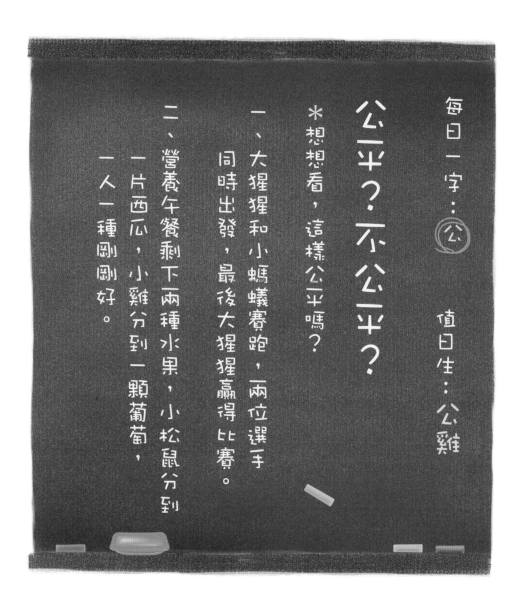

從上下文判斷字義

好好先生和不好小姐

好好先生的隔壁住着不好小姐。

好好先生脾氣好，心腸軟。懶惰鬼郝大胖天天來借錢，他都說：「好好好！」

不好小姐正好相反，做任何事都不肯吃虧。郝大胖才開口，她就說：「不好！不好！」

（呂淑恂繪）

好好先生的嗜好是種花，種了好多好多花。不好小姐的嗜好是養雞，養了好多好多雞。

一天，母雞帶小雞，跑到花園裏，把大花、小花全部吃光光，一邊吃還一邊咯咯叫：「真好吃！真好吃！」

不好小姐急急忙忙來找好好先生：「不好了！不好了！我家的雞吃了你家的花。」

「好好好，沒關係，」好好先生笑笑說：「吃了就算，再種就有。」

不好小姐說：「不好不好！哪裏好？我家的雞如果吃壞了肚子，你要賠我！」

「好好好，別急別急，有話好好說。」好好先生依舊笑嘻嘻：「來，請你吃顆糖。」

「不好不……咦？好好吃喔！」

「對啊，還有好多糖。來，我們坐下來好好吃，喝杯下午茶吧。」

第二天，母雞、小雞一樣活蹦亂跳。不好小姐想起昨天的事，有點不好意思。她覺得好好先生真是一個大好人。

這一天，郝大胖又來找好好先生，而且還帶着王小二、李小三一塊來借錢。好好先生雖然覺得不太好，卻不忍心拒絕，幸好不好小姐剛好回來，及時阻止。她對好好先生說：「你要分清楚好壞，不要當濫好人。」她又對着郝大胖說：「你怎麼

好意思帶人來借錢呢？想要錢，應該好好工作，自己去賺才對。」

郝大胖、王小二、李小三紅着臉，不好意思的走開了。

好好先生覺得不好小姐雖然愛拒絕人，但是她講得很對，想法很好。

慢慢的，好好先生喜歡上了不好小姐，不好小姐也對好好先生有了好感。

可是好好先生不敢跟不好小姐求婚，他怕一開口，就會聽到不好小姐的口頭禪：「不好！不好！」

好不容易，好好先生想到一個好主意。他捧着一束紅玫瑰，對着不好小姐唱了一首好聽的情歌，然後，慎重的說：「妳能不能……可不可以……千萬……千萬……**不要**嫁給我——好不好？」

不好小姐一聽，立刻笑開了嘴，大聲說：「**不好！**」

就這樣，好好先生和不好小姐歡歡喜喜結婚了。

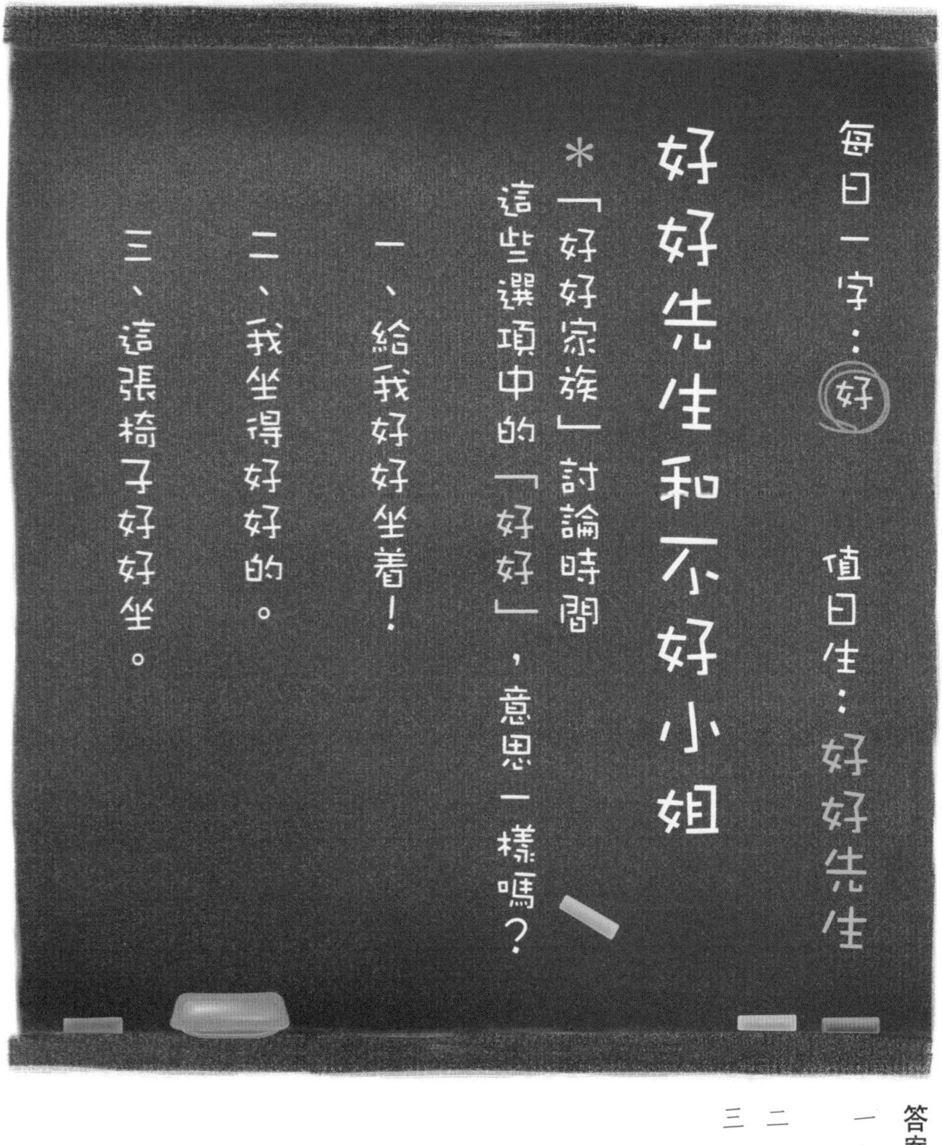

每日一字：好
值日生：好好先生
好好先生和不好好小姐
*「好好家族」討論時間
這些選項中的「好好」，意思一樣嗎？
一、給我好好坐着！
二、我坐得好好的。
三、這張椅子好好坐。

答案：

一、坐得端正，不准動

二、坐得好端端

三、坐得舒服

字詞組合：「天」

「哎呀，我的天！」

（鄭淑芬繪）

晚上，一隻貪吃的小鳥在啄星星。星星冰冰涼涼，舔起來有薄荷香！小鳥啄啊啄，一不小心把天空啄破一個洞。

「糟糕，我把天空啄破了！」小鳥嚇一跳，趕緊叼來一個蘋果，把天空上的洞補起來。

白天，一羣天鵝

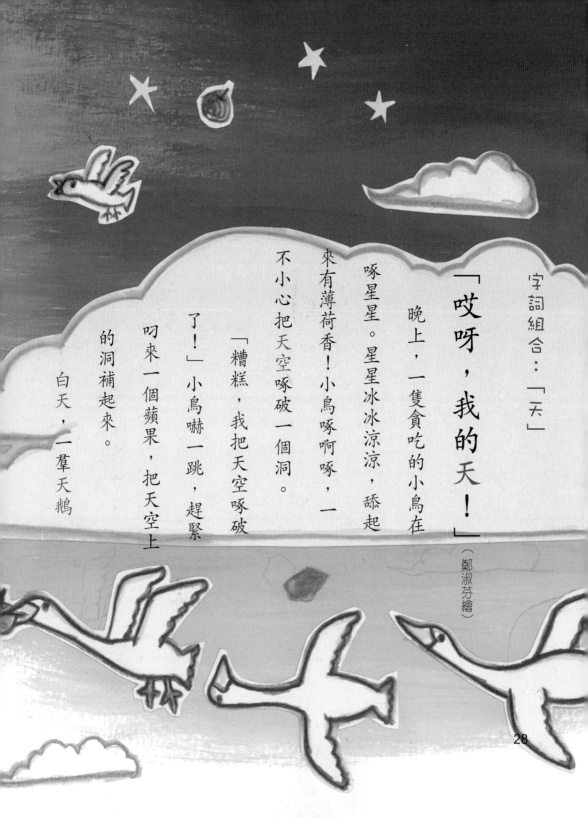

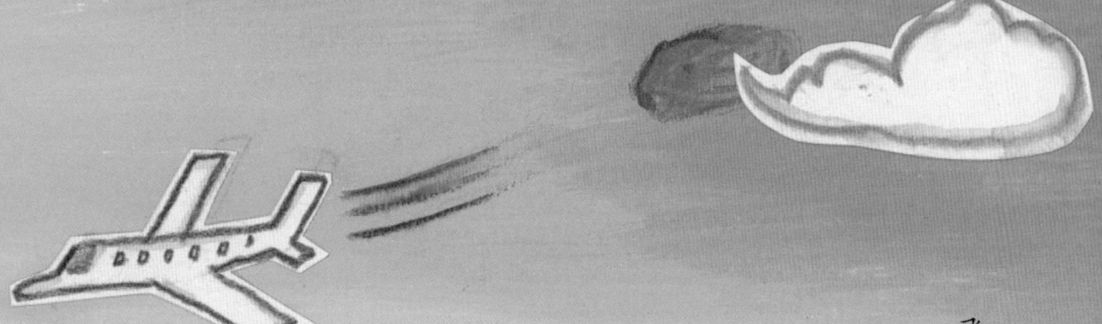

飛過天空。「咦，怎麼天空上有一個蘋果？」

一隻貪嘴的天鵝用力一咬……哇，天空的洞更大了！

大大的破洞開始掉下一些奇奇怪怪的東西……

美麗的花瓣。

蹦蹦跳跳的音符。

彩色的雨水（聞起來還有水果酒的香味）。

忽隱忽現的七彩光芒。

可怕的噪音。

各式各樣的食物渣渣……

天真的小孩拍着手說：「哇，天空送我們禮物耶！」

多疑的大人戴上安全帽：

「天啊，是誰在天空上作怪？」

見多世面的老人睜大了眼睛，不敢相信：「天空破洞？怪怪，真是破天荒第一遭！」

有人開始擔心天空會垮下來。

有人忙着預測接下來會掉下甚麼東西。

日子一天天過去。終於有一天，所有人都異口同聲的大叫：「哎呀，我的天！

這究竟是怎麼回事？」

原來，一些奇怪的霧，白白的，冰涼涼的，從洞口不斷落下來，落進山谷，飄進城市。天氣越變越冷，夏天像冬天一樣寒冷。天氣預報老是出錯，天文學家百思不解，所有人都開始咒罵老天爺沒天理！誰也不明白怎麼會出現這種「天災」？

總統找來環保小尖兵王壯壯，派他去調查，找出天氣變化

的原因。

王壯壯天生膽子大，天不怕地不怕，動作又快，今天的事情絕不拖到明天。他立刻開着飛機，衝上天，鑽過洞。

天光大亮！彩色的光芒迎面照來，四周鳥語花香……

啊，天外有天，眼前竟是天堂！

天堂上，上帝正在開舞會。

可愛的天使在跳舞，胖天神敲鑼打鼓，

瘦天神吟詩唱歌……奇炫的燈光四處閃晃。白白的、冰涼涼的，像霧一樣的乾冰到處飄來飄去，還從洞口不斷溜下人間。

哦，原來這裏就是污染源！♫

王壯壯走上前，對上帝說：「您不要整天只顧着玩，天堂的地板——也就是我們的天空——破了一個洞，髒東西跑到地球，污染了人間，請立刻改善！」王壯壯拿出紙筆，「刷刷刷！」開了一張環保罰單

給上帝。

上帝接過罰單，不好意思的檢查天堂的地板。一塊「星星磁磚」上果然破了一個洞！「哎呀，真對不起。」上帝紅着臉説。

「沒關係，下次注意就好。」王壯壯坐上飛機，「咻！」的飛回地球。

上帝立刻找人換上全新的星星磁磚。

天亮了，人們走出門，抬頭看，天空又變得完好無缺。

啊，又是美好的一天！

每日一字：天

值日生：王壯壯

「哎呀，我的天！」

*王壯壯的字詞分類

這些是「天」的分類，你還可以怎麼分呢？

和「日子」有關的「天」：每一天、一天天、今天、明天

和「神明」有關的「天」：天神、（　）

和「季節」有關的「天」：（　）、（　）

答案：

天堂／天使

天君／老天爺

春天／夏天

秋天／冬天

生媽媽生孩子

（鄭淑芬繪）

生媽媽快生產了，生老爺把四個兒子叫來跟前：「小寶寶就快出生了，你們做哥哥的，各自出門去找一份生日禮物，送給小寶寶吧。」

「是！」老大生菜，老二生字，老三生雞蛋，老四生力軍立刻出發。

老大生菜往東方走，在鄉下碰到一位廚師。廚師聽說生菜要幫小寶寶找生日禮物，建議他

辦一桌特別的生日大餐。「正巧，我就會做生日大餐！」生菜覺得有道理，就帶着廚師回家。其實廚師是妖怪，最愛吃剛出生的小寶寶。

老二生字往南方走，在城裏遇見一位書生。書生說：「我有一枝生花妙筆，不但書法寫得生氣淋漓，畫人像更是栩栩如生。有甚麼生日禮物比得上一張生動的小寶寶畫像呢？」生字想想有道理，就帶着書生回家。其

實書生也是妖怪，最愛吃剛出生的小寶寶。

老三生雞蛋往西方走，在河邊碰到一位陌生人。陌生人說：「生日禮物？你問對人了！我是魔術師，生平別的不會，就會變把戲，吹口氣就能把生米煮成熟飯；不用火柴，用腳趾頭也能生火！小寶寶看了我的表演，保證哈哈大笑，一生忘不掉。」於是生雞蛋就帶着魔術師回家。其實魔術師也是妖怪，最愛吃剛出生的小寶寶。

老四生力軍往北方走，在森林裏

碰到一隻奇怪的生物，身體像章魚，卻長着翅膀，倒掛在樹枝上。「我是烏魚，人生太苦，倒過來看就有趣多了！」烏魚說：

「帶我回去吧，哪有比知識更好的禮物？我是好老師，最愛教學生。八隻腳寫黑板，可以同時教中文、數學、社會、自然、音樂、體育、美勞、道德與健康。不管小寶寶的生肖屬甚麼，天生聰明還是愚笨，以後想讀書還是想做生意，我都能教他謀生之道，包管他以後吃喝不愁，生活不成問題。」生力軍聽了好高興，就帶烏魚回家。其實烏魚也是妖怪（他比較誠實，看外表就知道是妖怪），最愛吃的也是剛出生的小寶寶。

四隻妖怪到了生老爺家，半夜裏就吵了起來。

他們在爭論小寶寶應該歸誰。

四隻妖怪你捉着我的腿，我啃着你的手，纏打成一團。忽然，產房裏「哇！」的一聲，傳來產婆興奮的叫聲：「耶，生媽媽生孩子嘍！」

四隻妖怪嚇了一跳：「甚……甚麼？甚麼妖怪這麼厲害，又能生媽媽，又能生孩子？」

一會兒，又傳來生老爺幫兒子取名字的聲音：「生……生甚麼好呢？嗯……有了，生日月！對對對，太陽好，月亮也好，就生日月吧！哈哈哈！」

「甚麼？連太陽、月亮也能生出來？」四隻妖怪嚇得抱成一團：「這妖怪太……太可怕了！」

緊接着，又傳來四兄弟讚美小寶寶的聲音：

「你看他，是不是生龍活虎啊？」

「還用說？當然生龍活虎！」

「哇，還……還生了一條龍、一隻虎？」四隻妖怪這下子全慌了手腳：「慘了慘了，要是被發現，不被妖怪吃掉，也要被龍抓傷、被虎咬成兩半。」

四隻妖怪生怕再待下去就要發生可怕的事，趕緊翻牆逃跑。

聽說他們一直跑啊跑，誰也不敢落後，跑到現在都還不敢停下來呢！

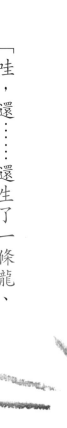

每日一字：生

值日生：生寶寶

生媽媽生孩子

*生寶寶造詞闖關

請說出包含「生」的字詞：

第一關 請說出二字詞

生菜、（ ）、（ ）

第二關 請說出三字詞

生孩子、（ ）、（ ）

第三關 請說出四字詞

生龍活虎、（ ）、（ ）

答案：

生字、生動

生力軍、陌生人

生花妙筆、生氣淋漓

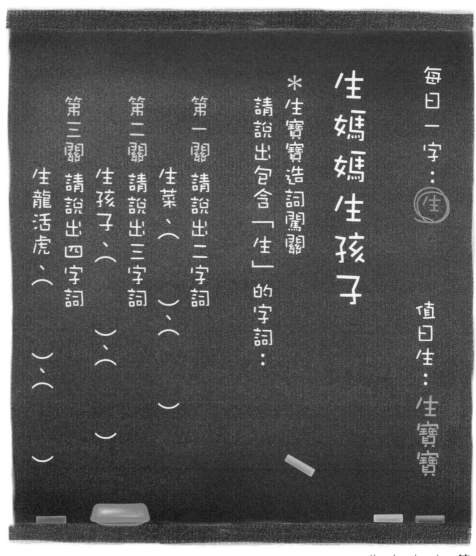

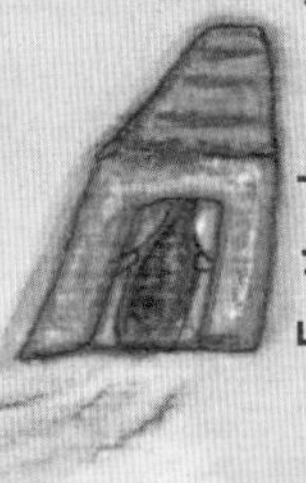

打擊犯罪的超級警察

（鄭淑芬繪）

曾正壯一早起牀，猛打噴嚏，連打了三十三下。「糟糕，打破紀錄了！今天的空氣質素太差，必須馬上回報總部。」他摸摸鼻子，打開窗簾，外頭果然有髒髒的霧。曾正壯一邊回報總部，一邊打呵欠，轉身時，一不小心打翻了花瓶！「不行不行，我得打起精神，還得上班呢！」他打好領帶，走出門。

八點鐘，公園裏一羣打籃球的小朋友，不知道為甚麼，突然打起架。

曾正壯迅速上前阻止：「小時愛打架，長大愛打仗……全部坐好！現在開始『故事感化時間』。」「真倒楣，碰到警察。」

小朋友心不甘情不願的坐下來，曾正壯開始講「好脾氣的打鐵匠」。一位小男生嘟起嘴巴：「怎麼又是這個故事，能不能換個新鮮的？」曾正壯瞪了他一眼：「我有甚麼辦法？新故事要下個月才來。還有，你們下次只准『打成一片』，不准『打成一團』，知道嗎？」

九點鐘，馬路上，兩輛車對撞。曾正壯要兩位司機乖乖站好。「我已經拍下過程，傳到法院了，法官馬上就能判定誰對誰錯！」

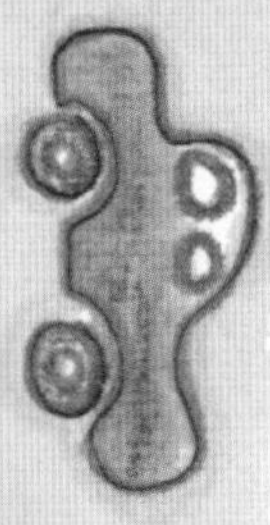

十點，大街上，一位小姐拎着錢包，打着洋傘從銀行出來。一位頭戴安全帽的男人悄悄跟在她後頭。曾正壯眼光一閃，一把抓住男人：「快快打消壞念頭！搶劫要關十年的。」他掏出一張單子，「喏，這是你的罰單。罪名——『心懷不軌』，處罰——星期天到公園打掃廁所。」

中午，曾正壯打電話回警察局，確認下午的巡邏區。

下午一點，曾正壯和一位打毛衣的老婆婆打交道，聊了一小時才成功阻止她拿毛線桿兒打狗。

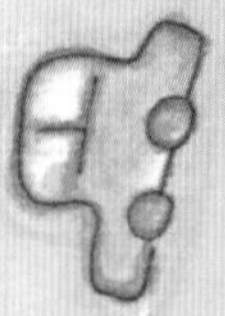

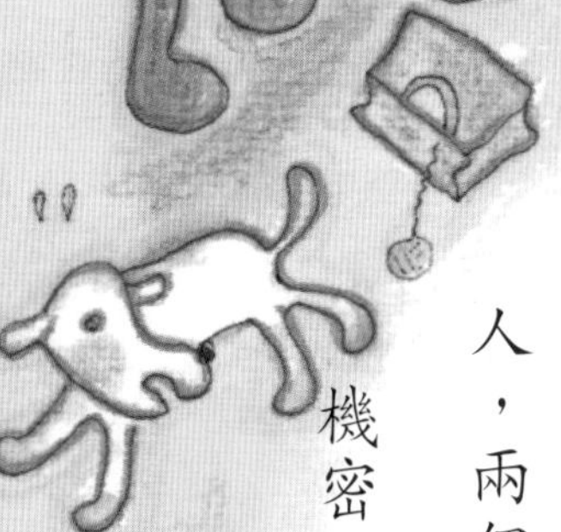

下午三點，曾正壯追捕一位從沒見過的陌生人，兩人大打出手。結果不打不相識，對方竟是剛剛調來的便衣刑警！

下午五點到十點，曾正壯在大街臨檢，仔細打量來來往往的人，結果一共揪出四十八個有壞念頭的人。其中十三個想打賭比賽騙人，九個想打扮成怪物嚇人，七個想找人打架，八個想在車站打麻將，六個打算搶錢去打電玩，一個想趁打工時偷東西，一個打定主意當壞人，兩個想在公園裏打獵，還有一個想打聽國家機密。

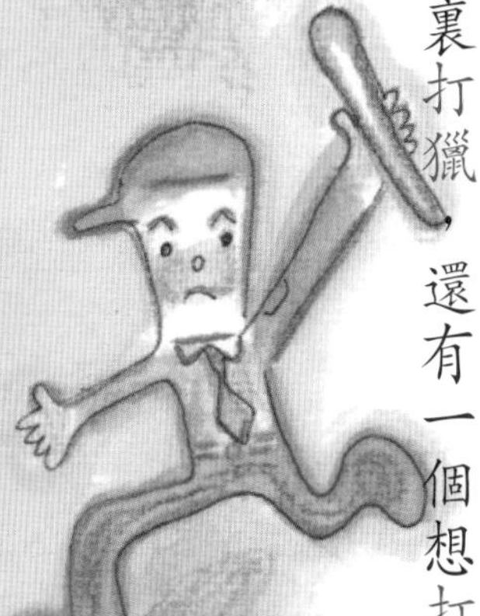

曾正壯一一開了罰單，及時阻止他們犯罪。

「人類是怎麼回事？壞念頭一年比一年多？」曾正壯經過商店，買了一打機油：「照這樣天天加班，我可受不了！」

十一點，曾正壯回到家。

「該睡了，明天還要工作呢。」

半夜十二點，三〇〇三年的月亮升上天空。機械人曾正壯在全身關節抹上機油，按下鼻子上的休息電源，閉上眼，睡着了。

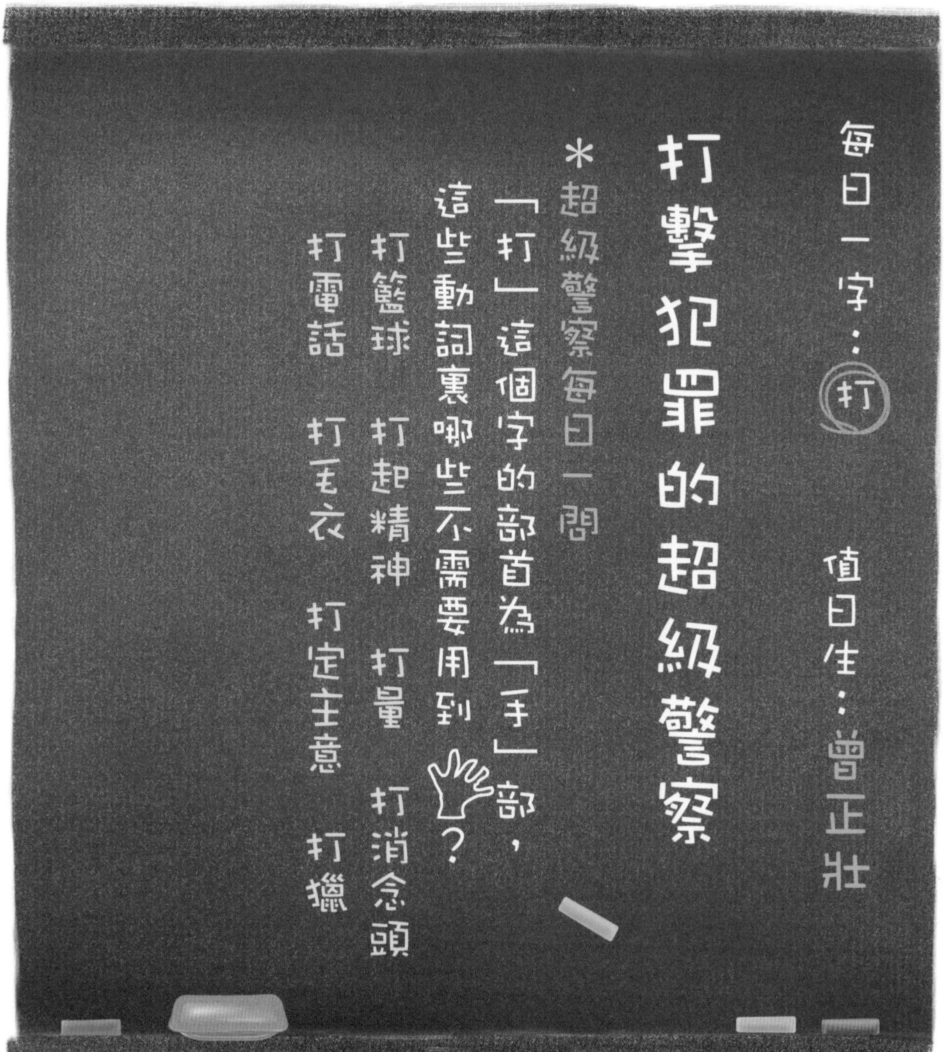

每日一字：打
值日生：曾正壯
打擊犯罪的超級警察
*超級警察每日一問
「打」這個字的部首為「手」部，
這些動詞裏哪些不需要用到手？
打籃球　打起精神　打量　打消念頭
打電話　打毛衣　打定主意　打獵

答案：打量、打起精神、打消念頭、打定主意

字詞組合：「手」

真正的高手

（鄭淑芬繪）

有一年，玉皇大帝想知道誰是最厲害的高手，就找來天庭裏的一流好手比賽，並請所有神仙一起來觀看。

第一位上場的是神射手后羿，他站在東方，請助手在西天掛上彩虹，然後閉上眼睛，左手持弓，右手拉弦，「嗖！」的射出一箭。箭比陽光還快，準準命中彩虹上的第一顆水珠。

「哇，好厲害！」王母娘娘熱情鼓掌。后羿好得意，又「嗖！」的射出一箭。這一箭半途折上，由上而下，竟將彩虹

由中間往下一釘，形成一個彩色的M形彩虹。「好！」太白金星笑得豎起大拇指。

第二位上場的是鼓手雷公，只見他兩手各拿一根鼓槌，就着雷鼓「咚咚咚！」敲起來。剎那間，風雲變色，鼓聲化成開天闢地般的怒吼，聽得人人也忍不住想大吼一聲。

「好耶！」王母娘娘熱烈拍手。雷公一得意，又舞起鼓槌，敲到興起，竟然跳起來，敲樹、敲地、敲雲、敲流星……天地萬物都變成了鼓，都發出意想不到的聲音。人人聽得手舞足蹈，

連南極仙翁也舉起手杖當鼓槌，開心得到處亂敲！

第三位上場的是神筆馬良。他請來九十九個人手，一字排開，人人伸出雙手。只見馬良騎在馬上，策馬揮筆，一彈指之間，九十九個人的手心、手背、手腕、手臂上都出現不同的蝴蝶。蝴蝶翩翩飛起，在半空中組成一個心形。

「好棒喔！」王母娘娘不斷拍手。馬良心裏高興，一出手，神筆又在空中揮灑，無數奇花異卉紛紛開滿空中……仙童取來空白畫冊，滿天奇花，一一落入畫冊。在場眾人，恰好人手一冊！

最後上場的是織女。「為了展現最好的手藝，我想請姊姊們當我的左右手！」織女打了個手勢，七仙女同時上場。不一會兒，一件件美麗的手巾、手套、手提包就織繡好了，從米粒大小到巨人尺寸應有盡有，看得人人愛不釋手。

「好漂亮啊！」王母娘娘忘情拍手。織女一開心，巧手不停，竟然織起雲彩。只見她出手俐落、手法高妙，不多時，滿天雲彩都變成動人的圖畫！

「太棒了，大家表演得太精彩了！沒有人留一手，個個都是能手！哈哈哈！」玉皇大帝高興的說：「而且，我終於知道誰是最厲害的高手了。」

現場一下子安靜下來。玉皇大帝眨眨眼睛說：「是……王母娘娘！」

咦，怎麼會這樣？王母娘娘沒參加比賽啊。

玉皇大帝呵呵笑起來：「雙手萬能，只要肯努力，誰都可以成為第一流的高手。但是，肯用雙手來為別人拍手、鼓勵大家，讓每個人都發揮出潛能，這就只有真正的高手才能辨得到哪！」

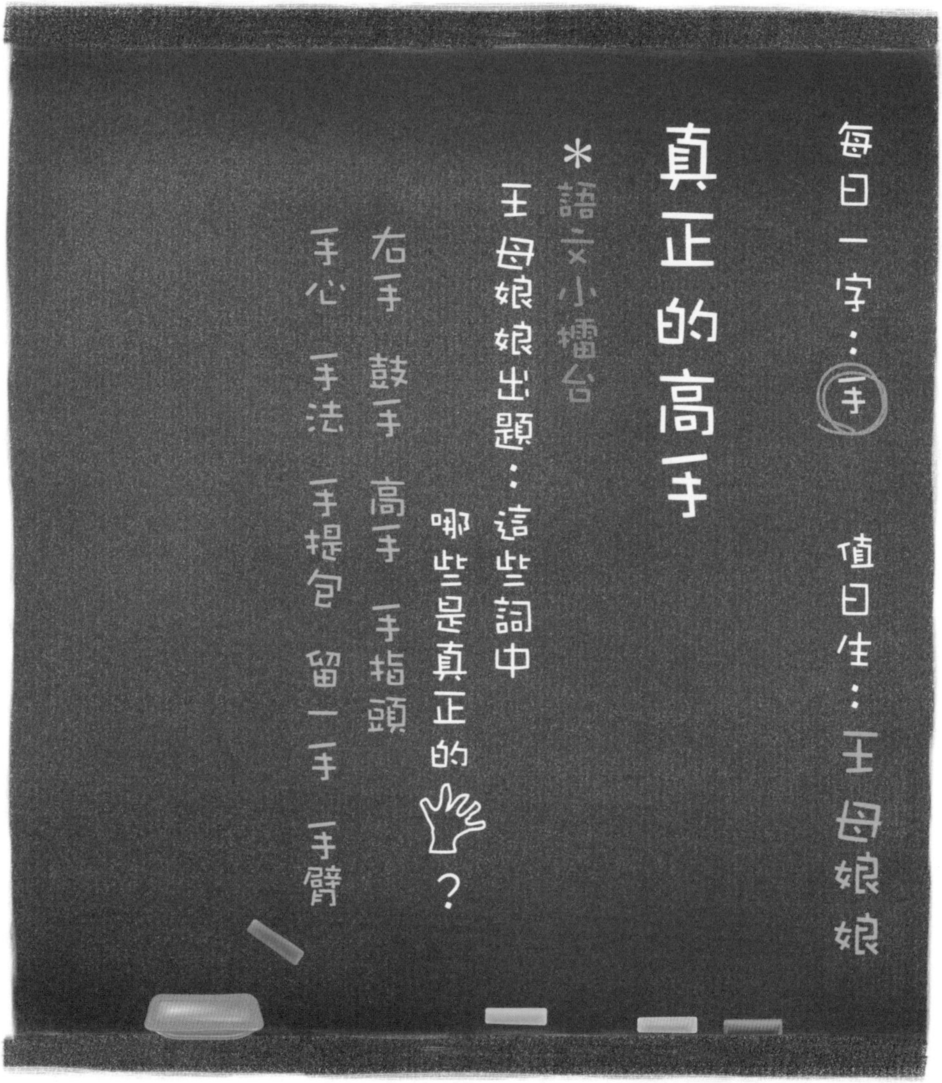
每日一字：手
值日生：王母娘娘
真正的高手
*語文小擂台
王母娘娘出題：這些詞中
哪些是真正的？
右手 鼓手 高手 手指頭
手心 手法 手提包 留一手 手臂

答案：

右手、手心、手臂、手指頭

字詞組合：「包」

包山包海的包大膽

（鄭淑芬繪）

包大膽是全國最有錢的土財主，自私又霸道，甚麼東西都愛包下來，不讓人分享。

他出門一定坐包車，聽戲坐包廂，到餐廳吃飯，一進門就說：「樓上樓下我全包了，沒事的快滾出去！」他逛街只要看到喜歡的東西，立刻一包一包打包起來。凡是跟「包」有關的東西，不管是包裹、包袱還是錢包、皮包、書包，他一看到就要僕人包好帶回家。

他聽說趙老闆賣的包子全國第一，就對趙老闆說：「你的包子，我全包了，不准賣給別人！」趙老闆不同意，他立刻派人包

圍趙老闆的店，不准人進出。趙老闆只好乖乖道歉：「對不起，我錯了，請您多多包涵！」

包大膽還愛包工程，不管哪裏要造橋、鋪路、修祠堂、蓋房子，他都想盡辦法包攬下來，賺黑心錢。

貪官來找他商量：「包大爺，您這樣包山包海，包辦了所有工程，我們怎麼生存呢？」

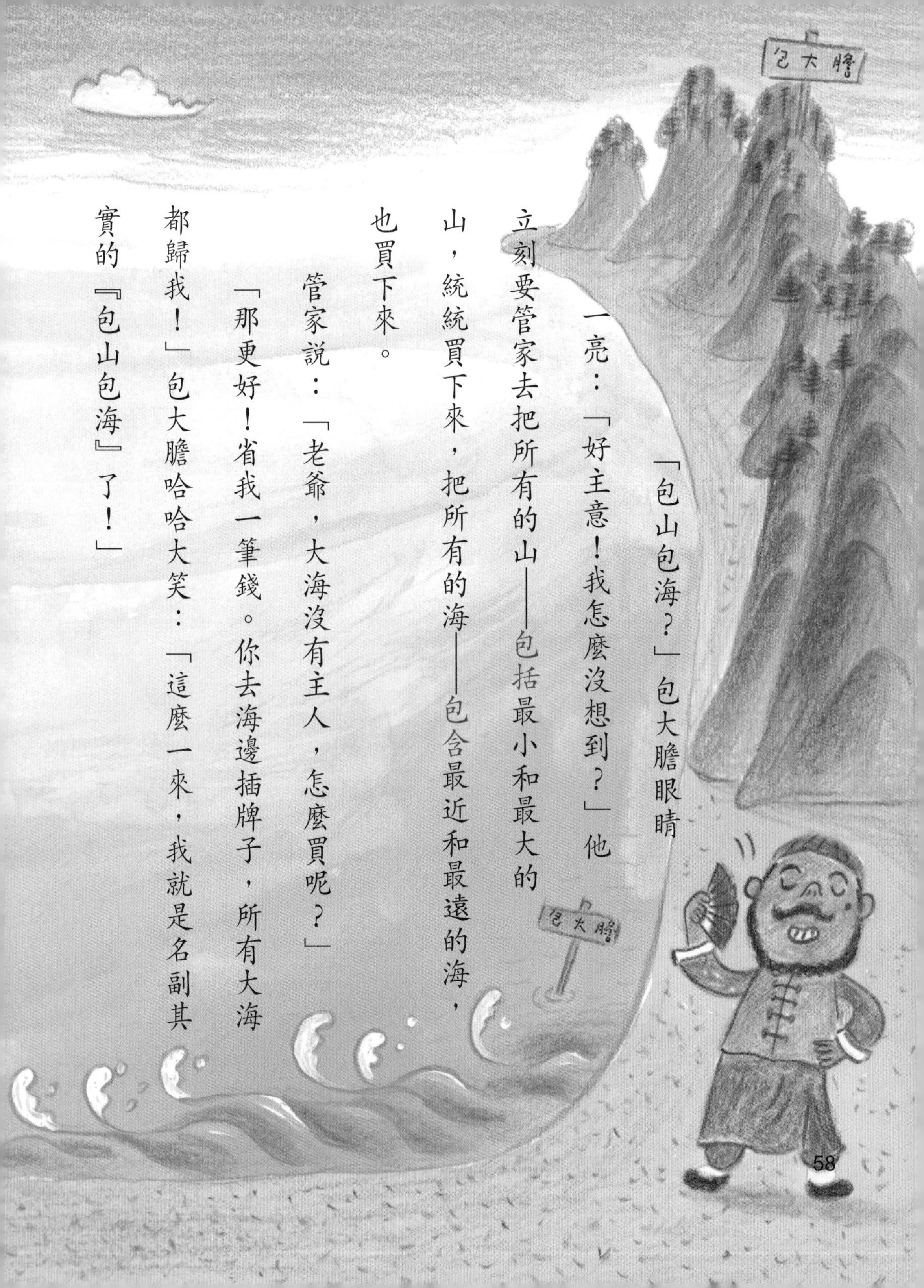

「包山包海？」包大膽眼睛一亮：「好主意！我怎麼沒想到？」他立刻要管家去把所有的山——包括最小和最大的山，統統買下來，把所有的海——包含最近和最遠的海，也買下來。

管家說：「老爺，大海沒有主人，怎麼買呢？」

「那更好！省我一筆錢。你去海邊插牌子，所有大海都歸我！」包大膽哈哈大笑：「這麼一來，我就是名副其實的『包山包海』了！」

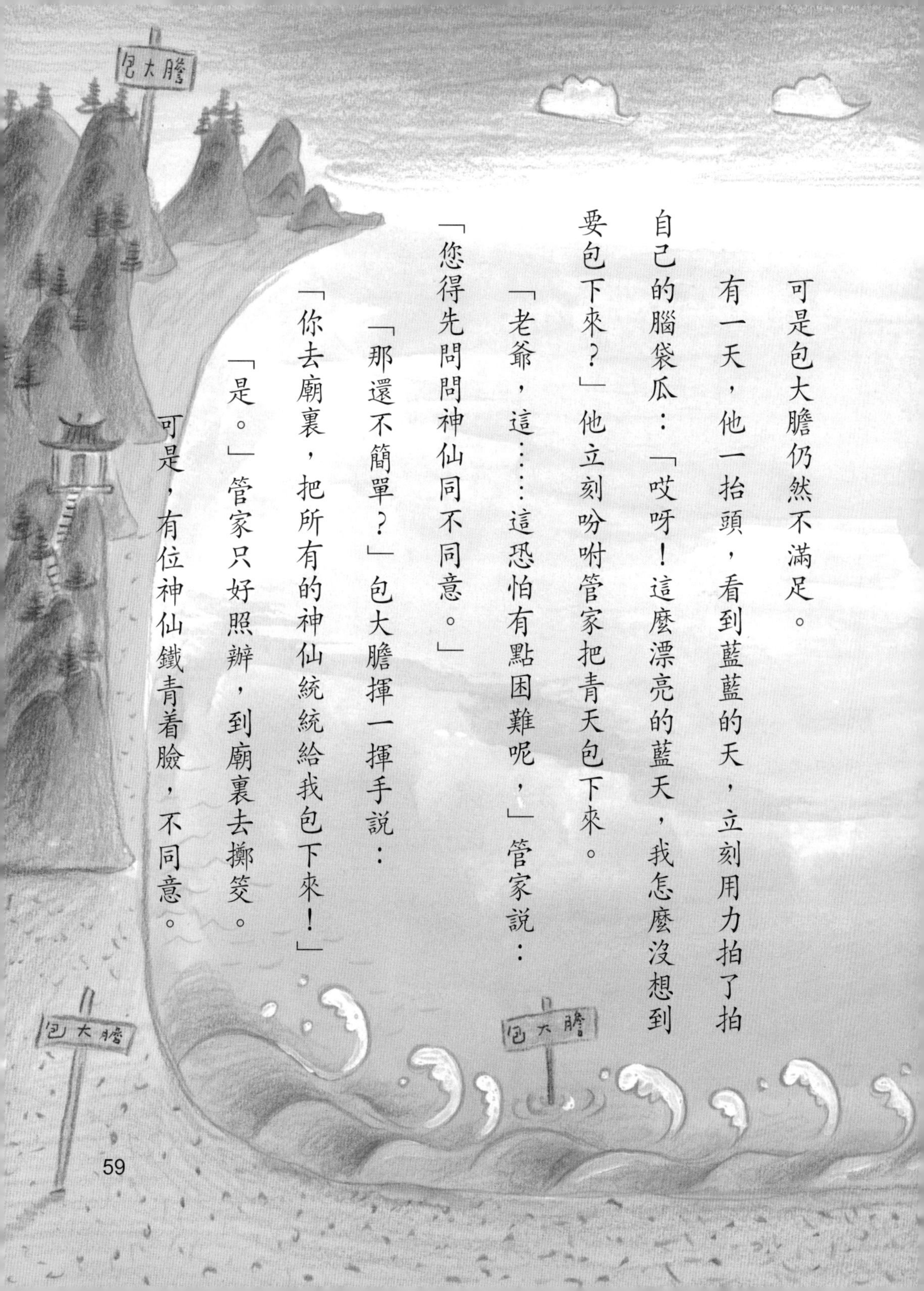

可是包大膽仍然不滿足。

有一天，他一抬頭，看到藍藍的天，立刻用力拍了拍自己的腦袋瓜：「哎呀！這麼漂亮的藍天，我怎麼沒想到要包下來？」他立刻吩咐管家把青天包下來。

「老爺，這……這恐怕有點困難呢，」管家說：「您得先問問神仙同不同意。」

「那還不簡單？」包大膽揮一揮手說：「你去廟裏，把所有的神仙統統給我包下來！」

「是。」管家只好照辦，到廟裏去擲筊。

可是，有位神仙鐵青着臉，不同意。

半夜裏，包大膽忽然發現自己被帶到一間大堂，抬頭一看，堂上坐着包青天。

包青天大喝一聲：「包大膽，你膽大包天！竟然想把青天包下來？這不是擺明了跟本官作對？你還為非作歹，做盡壞事，簡直是國家的大包袱。再不改過，別怪本官替天行道，判你下十八層地獄！」

「十八層地獄？哼，那有甚麼了不起？」包大膽毫不在乎，雙手一揮，大聲說：「我全包了！」

每日一字：包

值日生：包大膽

包山包海的包大膽

＊請幫這些「包」找到合適的家

書包　肉包　包涵　包廂　包青天　包種茶　包工程

一、弟弟一大早就背着（　　）出門了。

二、我們全家昨天晚上一起去看戲，坐在四樓的（　　）裏。

三、巷子口那家店賣的（　　）好吃極了！

四、我歌唱得不好，請大家多多（　　）。

答案：

一、書包

二、包廂

三、肉包

四、包涵

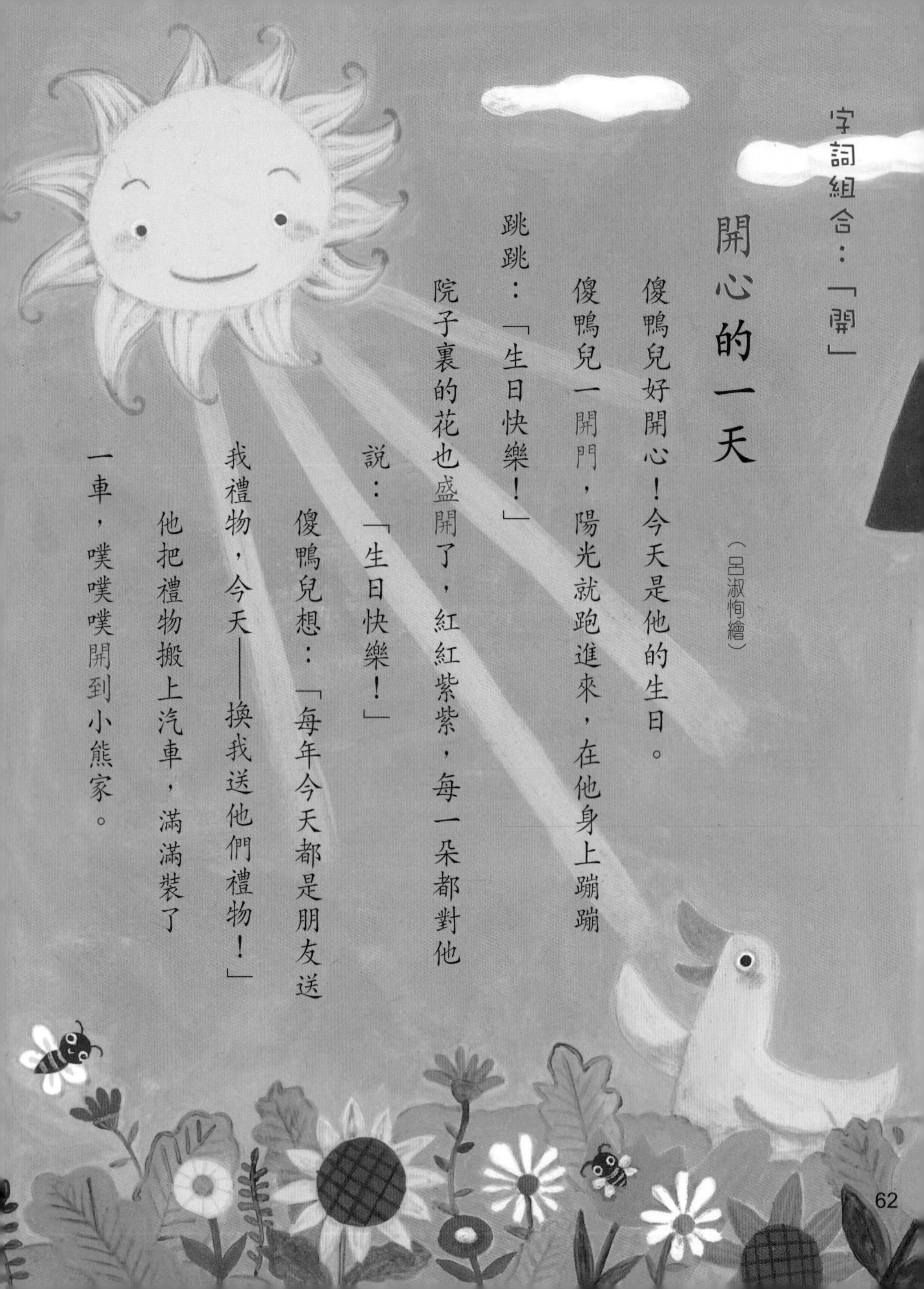

開心的一天

（呂淑恂繪）

傻鴨兒好開心！今天是他的生日。

傻鴨兒一開門，陽光就跑進來，在他身上蹦蹦跳跳：「生日快樂！」

院子裏的花也盛開了，紅紅紫紫，每一朵都對他說：「生日快樂！」

傻鴨兒想：「每年今天都是朋友送我禮物，今天——換我送他們禮物！」

他把禮物搬上汽車，滿滿裝了一車，噗噗噗開到小熊家。

「小熊，今天快樂！送你一份禮物。」傻鴨兒拿出一罐蜂蜜：「開飯時可以當開胃菜！」

「謝謝！我也有禮物要送你。」小熊開心的拿出一幅包裝好、對開大小的油畫：「這是我特別為你畫的，回家才能拆開喔。」

傻鴨兒離開小熊家，到小鹿家。小鹿剛開完刀，躺在牀上。

「小鹿，今天快樂！送你一份禮物。」傻鴨兒掏出一本故事書：「你要多休息，多喝開水，無聊時可以看看書。」

「謝謝你！」小鹿紅着臉，開口說：「可是我還來不及準備你的生日禮物。」

「沒關係，你可以唸故事給我聽啊！」

於是，小鹿打開書，開心的唸了第一個故事給傻鴨兒聽。

傻鴨兒到小浣熊家。暑假剛開始，小浣熊正在做暑期作業。

「小浣熊，今天快樂！送你一份禮物！」傻鴨兒拿出一把玩具槍，一按開關，的的噠噠響。

「耶，我可以去找外星人開戰嘍！」小浣熊開玩笑的說。他送給傻鴨兒一盞小檯燈：「你讀書開夜車時可以用。」

傻鴨兒到小白兔家，小白兔一家人正在開家庭會議。白兔爸爸被公司開除了，兔媽媽鼓勵他自己開店做小生意，不要想不開。

傻鴨兒送給小白兔一張獎券：「明天開獎，可能會中獎喔！還有，新店開幕時，記得要通知我。」

「我……我沒有禮

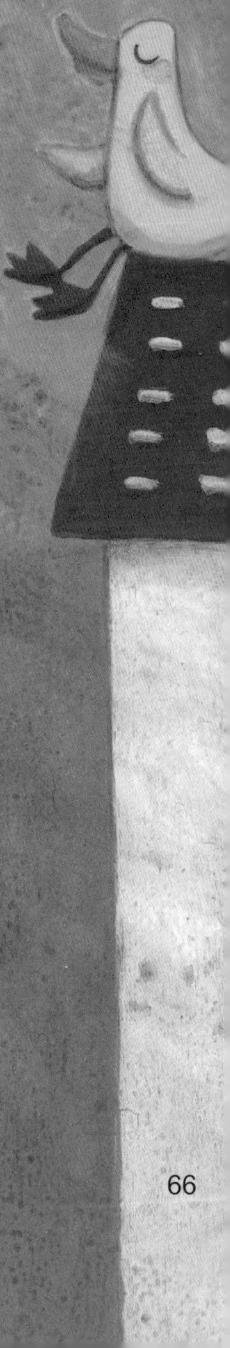

物送你。」小白兔不好意思的說。

「沒關係，你可以送我一個吻啊！」

「真的？」小白兔笑起來，開開心心的在傻鴨兒臉上親了一個熱熱的吻。

暖風暖呼呼的在前頭吹着，傻鴨兒駕着車，慢慢回到家。

傻鴨兒好開心。

因為啊，今天不只他一個人開心呢！

每日一字：開

值日生：傻鴨兒

開心的一天

*「人」、「口」、「日」、「月」、「才」、「活」、「馬」這些字一搬家到「門」裏，就變了模樣，你認得它們嗎？

人 口 日 月 才 活 馬 ← 門 ←

（閃）（問）（ ）（ ）（ ）（ ）（ ）

答案：間 閒 閉 闊 闖

信精靈

（呂淑恂繪）

文文是一位信精靈，所有郵差送不出去的信，她都能幫它們找到主人。

小象寫了一封信給睡美人。文文立刻走進故事書，趕在睡美人睡着以前，請她親筆寫了一封回信。

小猩猩寫信給天上的星星，文文立刻把它轉成「星星語」，唸給星星聽。然後，星星眨着眼睛打信號，文文再把它轉成「猩猩語」，唸給小猩猩聽。

小鹿寫了一封信給美人魚，想和她當筆友。

文文騎着信鴿到月光海洋，把信件投進美人魚的信箱。不久，小鹿就收到一顆珍珠。那是美人魚答應和小鹿寫信的信物呢！

信不信由你，只要信封上有「收件人」，就沒有文文送不到的信。

好奇的小朋友寫信給聖誕老人，文文保證他在聖誕節一定收到聖誕老人的禮物。虔誠的信徒寫信給上帝，文文立刻跳上彩虹，去敲上帝的辦公室大門，讓陽光帶回上帝的回信。就算有人信筆一揮，寫信給細菌，文文也能立刻縮小九千萬倍，找到細菌，帶回他的口信。

「不怕寄不到，只怕不寫信。」這是文文的信念。

文文相信：寫信是世界上最快樂的事！

有一天，文文收到一封信。一封松鼠寫給信的信。

「哎呀呀……這可難倒我了……」文文第一次皺起眉頭：「信怎麼收信、讀信呢？信願意回信嗎……嗯，也許我應該先檢查一下這封信。」

她拿出信紙，攤開來：

親愛的信：

我是松鼠，我寫過好多信給我的好朋友，像螞蟻、大象、蚜蟲。不知道你有沒有偷偷看過內容？（我可以信任你嗎？你會守信用不告訴別人吧？）我還沒寫過信給你——這不代表我忘記你喔！如果你肯回信，我會很高興。

對了，你想，我也可以寫信給清晨，給夏天的浪花，給秋天的夢嗎？謝謝！

喜歡你的松鼠

「這真是一封難寄的信！」文文想。她走過來走過去，想不出辦法。她又倒立着走過來走過去，還是想不出辦法。最後，她下定決心：

「我應該讓信自己決定。我應該對信有信心！」

文文請夜風當信差，把信帶走。

晚上，松鼠坐在客廳，看到夜風送來一封信。

「耶！信回信給我了！」

信飄到松鼠面前，忽然「碰！」的一聲，碎成一片一片。

松鼠嚇了一跳，看着地上的碎片，每張碎片上都有一個字。

「嗯，這是我寫的信嘛！」松鼠難過的想：「信生氣了，它把我寫的信撕掉、退回來啦！」

又吹來一陣風，吹走一些紙片。剩下的紙片互相轉來轉去，安安靜靜的停下來，每一個字都朝上。

「咦，這是……」松鼠按着順序，一個字一個字的讀：

親愛的松鼠：

我是信，我很高興你寫信給我。我看過你寫給螞蟻、大象、蚜蟲的信（你可以信任我，我不會偷偷告訴別人）對了，你也可以寫信給清晨，給夏天的浪花，給秋天的夢喔！

謝謝你沒有忘記我。

你的好朋友　信

「萬歲！信回信給我嘍！」

松鼠高興得跳起來。

文文在遠方也高興得跳起來！

她早就知道信是一個值得信賴的好朋友。

每日一字：信

值日生：文文

信精靈

＊留言版

美人魚給王子：信不信由你，我現在要搭着信的翅膀，去環遊世界。

小紅帽給大野狼：我已經得到外婆的口信，說你是個信口開河的傢伙。

掃把給巫婆：我累了，請寫信到掃把商店，找一枝新的掃把。

推薦文

閱讀和文字，文字和閱讀

兒童文學專家　林良

關心兒童閱讀，是關心兒童的「文字閱讀」。培養兒童的閱讀能力，是培養兒童「閱讀文字」的能力。希望兒童養成主動閱讀的習慣，是希望兒童養成主動「閱讀文字」的習慣。希望兒童透過閱讀接受文學的薰陶，是希望兒童透過「文字閱讀」接受文學的薰陶。

閱讀和文字，文字和閱讀，是連在一起的。

這套書，代表鼓勵兒童的一種新思考。編者以童話故事，以插畫，以「類聚」的手法，吸引兒童去親近文字，了解文字，喜歡文字；並且邀請兒童文學作家撰稿，邀請畫家繪製插畫，邀請學者專家寫導讀，邀請教學經驗豐富的小學教師製作習題。這種重視趣味的精神以及認真的態度，等於是為兒童的文字學習撤走了「苦讀」的獨木橋，建造了另一座開闊平坦的大橋。

導讀

字的化學變化

曾文慧 老師

甚麼是「變化」？甚麼東西會產生變化？「化學變化」又是甚麼？字可以變化嗎？「化學變化」好像是自然課才會看到的名詞，和語文有所牽連時，文字的化學變化歷程又是如何？

中國字千變萬化，一個字能衍生出許多變化。在這些變化中，有的詞性相同，有的詞性不同，有的意思相近，有的意思又南轅北轍。運用中文多年的我們，是否曾想過這些字詞所蘊含的多種意義？它們又是如何為我們的溝通與表達帶來樂趣呢？同樣的，在教學的現場中，我們可以如何陪着孩子發現字的化學變化，並且理解化學變化的過程？

我們可以藉由本書，透過朗誦故事、理解詞義、分辨詞性、整理歸納等學習活動，體驗中國文字的趣味，也讓我們一起經歷這場奇妙的「文字實驗之旅」吧！

一、詞性金線圈

語言中的最小單位稱為「語素」。「語素」具有讀音、意義，也可以構成詞。中國字有很多的單字都能表現其意義，如：天、生、好、手、打、包、火、公、開、信

等，這些單字本身已是一個「詞」，可以做為語素，與其他語素組合起來，可以成為不同的詞，也就產生不同的類別。

從詞的意義來分，可以將詞分為實詞及虛詞兩類。實詞包括：名詞、動詞、形容詞、數詞、量詞及代詞等，這些詞性很容易區分並加以應用；而虛詞通常用來表示語法關係，包括：副詞、介詞、連詞、助詞、感歎詞、狀聲詞等。

本書中「哎呀，我的天！」、「真正的高手」、「火雞發火了」、「信精靈」等四篇故事，分別以「天」、「手」、「火」、「信」做為主題字，這四個主題字多屬於名詞的意義，而延伸的用法也以字義出發的實詞為主，特別的是天字也出現了「天啊」、「我的天」的語助詞用法；手字則有技能本領厲害的「高手」、特殊技能的人稱為「國手」、親自製作的書為「手工書」等意義；火字在「火雞發火了」一文中，呈現的火字真意是指赤紅色的雞，而火雞誤以為別人認為他是隻愛生氣的雞，看了火車、火箭的自信之後才接納自己，發現「火」可以有各種不同的解釋。

二、情境變身水

「好」字在中國語文上，是美、善之意，也就是正面、肯定的意思，但前面加上「不」字之後，就成為消極的語詞。而甚麼是「好」？一直說好好好，真的就是好

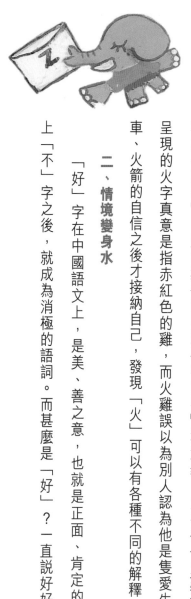

嗎？甚麼是「不好」？老是説「不好」或是被説「不好」，是不是就一定不好？甚麼時候該説好？甚麼時候該説不好？就要考驗我們的智慧了。

「好好先生與不好小姐」這篇故事裏的「好好」，是用來形容一個人個性上的溫和，能與人和諧相處；相對的，因為甚麼都好、甚麼都答應別人，這位好好先生成為缺乏理性思考的判斷能力，只能一味滿足別人無理需求的濫好人，不能當下給予自己及他人正確的價值。而「不好」小姐的不好，是甚麼原因讓她成為不好小姐？她真的就不好嗎？因為「不好」小姐與「好好」先生的相處過程，找到了好與不好的平衡點之後，他們終於明白生活中要如何做出正確的價值判斷。我們讀了這個故事，也會發現即使是同樣一個「好」字，傳達的不一定是正面的意義，除了字義上的認識，還得考慮使用文字的情境或上下文，才能得知文字的真意，這些情境就像是變身水一樣，讓原本單一固定的字義有了千變萬化的面貌。

三、正負大氣壓

「公」字常被廣泛運用，除了人稱代名詞「公公」及「公雞」一詞以外，其餘的詞義都離不開公家的、公眾的、共有共享的。「公」字的相反字「私」字，是指個人的。「公平？不公平？」這篇故事就探討了「公與私」的標準，「公平」是誰定的？

誰必須遵守？有人提出「不公平」的抱怨時，又有誰可以協助居中協調？可不可以公家規定是一回事，公民履行又是另一回事？這之間的彈性空間有多大，可以因人而異嗎？「公私不分」、「公器私用」的事件，是不是經常發生在我們的生活中呢？

四、大家說故事

將詞語正確分類完畢後，可以玩「串詞說故事」的遊戲，增進對各種語詞的理解。在故事創作中運用特定詞組，可訓練孩子對意義相近詞產生分辨能力，並能進一步讓孩子跳脫認識字詞的單一角度——讓詞語在全文中產生意義、靈活生動。這樣的說故事遊戲，是由孩子們運用已知的知識經驗來創作完成的，在運作過程中，也同時連結了其他詞類的變化應用。

五、結語

本書的故事適合中、高年級小朋友閱讀，內容淺顯易懂，從任何一篇着手，都可以讓孩子重新體會：原來認識語詞可以這麼多元。推動大量閱讀的目的，除了充實各學科的背景知識外，更可以大幅度提升孩子的閱讀理解能力。家長或老師可以帶領小讀者透過故事的啟發，了解字與詞的關係，相信經過十篇故事的洗禮後，小朋友會發現原來自己是自主學習中文的高手喔！

書　　名：信精靈
編　　著：林世仁
繪　　圖：鄭淑芬　呂淑恂
封面繪圖：呂淑恂
封面設計：郭惠芳
責任編輯：黃家麗
出　　版：商務印書館（香港）有限公司
香港筲箕灣耀興道三號東滙廣場八樓
http://www.commercialpress.com.hk
發　　行：香港聯合書刊物流有限公司
香港新界大埔汀麗路三十六號中華商務印刷大廈三字樓
印　　刷：美雅印刷製本有限公司
九龍官塘榮業街六號海濱工業大廈四樓Ａ室
版　　次：二零一六年二月第二次印刷

ISBN 978 962 07 0402 4
Printed in Hong Kong